U0018100

疑問集

El libro de las preguntas

聶魯達

Pablo Neruda

陳黎・張芬齡 —— 譯

大哉小天問

—— 《疑問集》譯序

文／陳黎、張芬齡

　　《疑問集》是二十世紀拉丁美洲大詩人聶魯達（Pablo Neruda, 1904-1973）死後出版的微形傑作。這本小書收集了三百一十六個追索造物之謎的疑問，分成七十四首，每一首由三至六則小小「天問」組成，聶魯達的思想觸角伸得既深且廣——舉凡自然世界、宗教、文學、歷史、政治、語言、食物、科技文明、時間、生命、死亡、真理、正義、情緒、知覺，都是他探索的範疇。

　　暮年的聶魯達，對自然奧秘仍充滿好奇，不時突發奇想，展現機智的幽默和未泯的童心：「滿月把它夜間的／麵粉袋留置何處？」「告訴我，我玫瑰當真赤身裸體／或者那是它僅有的衣服？」「你把什麼守護在駝起的

背底下？／一隻駱駝對烏龜說。」「稻米露出無限多的白牙齒／對誰微笑？」「你有沒有發現秋天／像一頭黃色的母牛？」「西瓜被謀殺時／為何大笑？」「秋天的美髮師們／把眾菊的頭髮弄亂了？」「那些流不到海的河川／繼續和哪些星星交談？」成年人的生活經驗和孩童的純真直覺，兩者結合之後產生了令人驚喜的質地。讀者得拋開理性思考的習慣，隨著詩人的想像律動，試著從另一角度觀看月亮、雲朵、山川、江海、季節、植物、動物，而後享受探索生命不得其門而入的懸宕快感。

人與萬物的關係，無疑是他關注的焦點：他為事物注入七情六慾，探觸事物本質，讓表相物質的層面與抽象形上的層面交融，呈現出對照或平行的趣味性：「我們的希望真的／須以露水灌溉嗎？」「為什麼樹葉會在／感覺變黃的時候自殺？」「被遺棄的腳踏車／如何贏取自由？」「在蟻丘，／做夢真的是一種責任？」「老灰燼經過火堆時／會說些什麼？」「囚犯們想到的光／和照亮你世界的光相同嗎？」「我用被我遺忘的美德／能否縫製出一套新

衣？」「我們要如何感謝／雲朵短暫易逝的豐碩？」「城市不就是搏動的床墊／所構成的廣大海洋嗎？」「他們如何稱呼／孤獨綿羊的憂傷？」「雨水以何種語言落在／飽受折磨的城市？」「彩虹的盡頭在何處，／在你靈魂裡還是在地平線上？」這些「疑問」的背後充滿了人文思考，人類處境的投射顯而易見。我們看到光，也看到黑暗，看到喜悅，也看到憂傷。每一則疑問的答案都是開放性的，讀者受邀依個人生活經驗或情感體驗自由作答。在這本詩集裡，聶魯達不是政治詩人、自然詩人或愛情詩人，而是單純地回歸到「人」的角色，擁抱生命的矛盾本質，繼而以「藝術家」的靈視，巧妙地避開了矯揉淺顯或意識形態的陷阱，織就此一質地獨特的文字網罟。

面對死亡，思索人生，聶魯達提出了人類共通的問題：

幼年的我哪兒去啦，

仍在我體內還是消失了？

他可知道我不曾愛過他

而他也不曾愛過我？

為什麼我們花了那麼多的時間

長大，卻只是為了分離？

為什麼我的童年死亡時

我們兩個沒死？

而如果我的靈魂棄我而去

為什麼我的骨骸仍緊追不放？

　　這些疑問有時像自問自答的禪宗公案，他雖不曾對之提出解答，但仍在某些問題裡埋下沉默的答案種子。他自死亡窺見新生的可能，一如他在孤寂陰鬱的冬日花園看到新的春季，復甦的根。通過孤獨，詩人選擇回到自我，回

到巨大的寂靜，並且察知死亡即是再生，而自己是大自然
生生不息的週期的一部份：

　　死亡到最後不是
　　一個無盡的廚房嗎？

　　你崩解的骨骼會怎麼做，
　　再次找尋你的形體？

　　你的毀滅會熔進
　　另一個聲音和另一道光中嗎？

　　你的蟲蛆會成為
　　狗或蝴蝶的一部份嗎？

　　聶魯達一生詩作甚豐，詩貌繁複，既個人又公眾，既
抒情又史詩。五十年代以及五十年代以前的聶魯達，情感

豐沛、能量四射：三部《地上的居住》（1933，1935，1947）讓我們看到這位原本在詩中記載個人情感波動，質疑個人歸屬定位以及與外在世界關係的詩人，如何棄暗投明，化陰鬱的詩的語調為激昂、喧囂的怒吼，為群體發聲，為民眾書寫；五十年代出版的龐大史詩《一般之歌》（1950），以及三本題材通俗，明朗易懂，歌頌日常生活事物的《元素頌》（1954，1956，1957），更是這種「詩歌當為平民作」理念的實踐。然而到了六十年代以後，他的詩卻又經歷另一次蛻變，他把觸角從群眾世界轉向自然、海洋，轉向內在，像倦遊的浪子，企求歇腳之地，企求與宇宙萬物的契合。在聶魯達死後出版的八本詩集裡，我們如是看到暮年的聶魯達，以寧靜的聲音，向孤寂、時間發出喟歎，回到自我，向內省視，省視現在，過去，以及等候著他的不確定的未來。他像先知，哲人，也像無知的孩童，詫異萬事萬物的奧秘，思索人類生存的意義、人類在宇宙的地位，以及生命的種種現象。

這本聶魯達於死前數月完成的《疑問集》，可視為詩

人臨終前對生命的巡禮。聶魯達拋下三百多個未附解答的疑問，逗引讀者進入迷宮似的生命版圖，歡喜地迷途，謙卑地尋找出口。

疑　問　集

1

為什麼巨大的飛機不和
它們的子女一同翱翔？

哪一種黃鳥
在巢中堆滿檸檬？

為什麼不訓練直升機
自陽光吸取蜂蜜？

滿月把它夜間的
麵粉袋留置何處？

2

如果我死了卻不知情
我要向誰問時間？

法國的春天
從哪兒弄來了那麼多樹葉？

為蜜蜂所苦
盲者何處安居？

如果所有的蛋黃都用盡
我們用什麼做麵包？

3

告訴我，玫瑰當真赤身裸體
或者那是它僅有的衣服？

為什麼樹藏匿起
根部的光輝？

誰聽到犯了罪的
汽車的懺悔？

世上可有任何事物
比雨中靜止的火車更憂傷？

4

天國有多少座教堂？

鯊魚為何不攻擊
那些無所畏懼的海上女妖？

煙會和雲交談嗎？

我們的希望真的
須以露水澆灌嗎？

5

你把什麼守護在駝起的背底下？
一隻駱駝對烏龜說。

烏龜回答：
對柑橘你會怎麼說？

一棵梨樹的葉子會比
《追憶逝水年華》茂密嗎？

為什麼樹葉會在
感覺變黃的時候自殺？

6

為什麼夜之帽
飛行時坑坑洞洞？

老灰燼經過火堆時
會說些什麼？

為什麼雲朵那麼愛哭
且越哭越快樂？

太陽的雌蕊在日蝕的
陰影裡為誰燃燒？

一天裡頭有多少蜜蜂？

7

和平是鴿子的和平？
花豹都在進行戰爭？

教授為什麼傳授
死亡的地理學？

上學遲到的燕子
會怎麼樣？

他們真的把透明的書信
撒過整個天空？

8

什麼東西會刺激
噴出烈火、寒冷和憤怒的火山？

為什麼哥倫布未能
發現西班牙？

一隻貓會有多少問題？

尚未灑落的眼淚
在小湖泊等候嗎？

或者它們是流向憂傷的
隱形的河流？

9

今天的太陽和昨日的一樣嗎？
這把火和那把火不同嗎？

我們要如何感謝
雲朵短暫易逝的豐碩？

挾帶著一袋袋黑眼淚的
雷雲來自何處？

那些甜美如昨日蛋糕的
名字到哪兒去啦？

她們到哪兒去啦，那些朵娜達，
柯蘿琳達，艾德薇伊絲們？

10

百年之後
波蘭人對我的帽子會有何感想？

那些從未碰觸過我血液的人
會怎樣說我的詩？

要如何測量自啤酒
滑落的泡沫？

囚禁於佩脫拉克的十四行詩中
蒼蠅會做些什麼？

11

如果我們已經說過了
別人還會說多久？

荷西‧馬第對馬里內略美容學校
教師有何看法？

十一月年紀多大？

秋天不斷支付那麼多
黃色紙幣要買什麼？

伏特加和閃電調成的雞尾酒
如何稱呼？

譯註：荷西‧馬第（José Martí, 1853-1895），古
巴詩人，民族英雄。馬里內略（Marinello），美
洲知名的連鎖美容學校名稱。

12

稻米露出無限多的白牙齒
對誰微笑？

為什麼在黑暗的時代
他們用隱形墨水寫字？

加拉卡斯的美女可知道
玫瑰有幾件裙子？

為什麼跳蚤
和文學士官咬我？

譯註：加拉卡斯（Caracas），委內瑞拉的首都。

13

性感妖嬈的鱷魚真的
只居住於澳大利亞？

橘子如何分割
橘樹上的陽光？

鹽的牙齒是
出自苦澀的嘴嗎？

真有一隻黑兀鷹
在夜裡飛越過我的祖國？

14

站在石榴汁前
紅寶石說了什麼？

然而星期四為何不說服自己
出現在星期五之後？

藍色誕生時
是誰歡欣叫喊？

紫羅蘭出現時
大地為何憂傷？

15

但是背心真的
準備叛變嗎?

為什麼春天再次
獻上它的綠衣裳?

為什麼農業看到天空流下
蒼白的眼淚會大笑?

被遺棄的腳踏車
如何贏取自由?

16

鹽和糖在努力
打造一座白色的塔嗎？

在蟻丘，
做夢真的是一種責任？

你知道大地在秋天
沉思默想些什麼？

（何不頒個獎牌給
第一片轉黃的樹葉？）

17

你有沒有發現秋天
像一頭黃色的母牛？

多久之後秋天的獸
會成為黑暗的骷髏？

冬天如何收集
那麼多層的藍？

誰向春天索取
它清新空氣的王國？

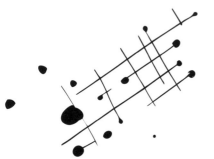

18

葡萄如何得知
葡萄串的宣傳？

而你可知何者較難，
結實，或者採摘？

沒有地獄的人生不好：
我們能否重整地獄？

並且把悲傷的尼克森的
屁股置放在火盆上？

用北美洲的汽油彈
慢慢燒烤他？

19

他們可曾計數過
玉米田裡的黃金？

你知道在巴塔哥尼亞的正午
霧靄是綠色的嗎？

誰在廢棄水塘的
最深處歌唱？

西瓜被謀殺時
為何大笑？

譯註：巴塔哥尼亞，位於南美智利與阿根廷的南
部。

20

琥珀真的含有
海上女妖的淚水？

他們給鳥群間飛翔的花
取什麼名字？

遲來不如永不來，不是嗎？

為什麼乳酪決定
在法國展現英雄行徑？

21

光是在委內瑞拉
打造出的嗎？

海的中央在哪裡？
為什麼浪花從不去那兒？

那顆流星真的是
紫水晶製成的鴿子嗎？

我可以問問我的書
那真是我寫的嗎？

22

愛情，愛情，他的和她的，
如果它們不見了，會上哪去啊？

昨天，昨天我問我的眼睛
我們何時彼此再相見？

而當你改變風景時
是赤手空拳還是戴著手套？

當水藍色開始歌唱
天空的謠言會散發出什麼味道？

23

如果蝴蝶會變身術
它會變成飛魚嗎？

那麼上帝住在月亮上
不是真的囉？

紫羅蘭藍色啜泣的氣味
是什麼顏色？

一天有幾個星期
一個月有幾年？

24

對每一個人 4 都是 4 嗎？
所有的七都相等嗎？

囚犯們想到的光
和照亮你世界的光相同嗎？

你可曾想過四月
對病患是什麼顏色？

什麼西方君主政體
用罌粟做旗幟？

25

為什麼樹叢褪盡衣裳
只為等候冬雪？

在加爾各答諸神之中
我們如何辨識上帝？

為什麼所有的蠶
活得如此窮酸？

櫻桃核心的甜味
為什麼如此堅硬？

是因為它終須一死
還是它必須繁衍？

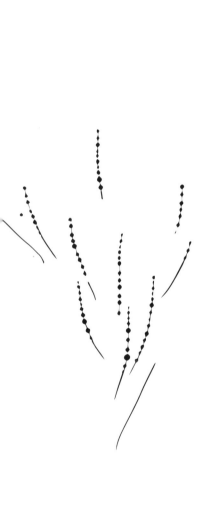

26

把一座城堡歸於我名下的
那位嚴肅的參議員是否

已然和他的侄子一起吞下了
暗殺的糕餅？

木蘭花用它檸檬的
香味矇騙誰？

鷹棲臥雲端時
把匕首擱在哪裡？

27

或許那些迷路的火車
是死於羞愧吧？

誰不曾見過蘆薈？

它們被植於何地，
保羅・艾呂雅同志的眼睛？

有空間容納一些荊棘嗎？
他們問玫瑰叢。

譯註：保羅・艾呂雅（Paul Eluard, 1895-
1952），法國詩人，聶魯達友人。

28

为什麼老年人記不得
債務和灼傷？

真的嗎，吃驚的少女身上
會散發香味？

为什麼窮人一旦不再貧窮
便失去理解力？

到哪裡你才能找到
夢中響起的鐘聲？

29

太陽和橘樹之間
相隔多少圓尺？

太陽在它燃燒的眠床睡著時
是誰將它叫醒？

在天體的音樂中
地球的歌唱是否像蟋蟀？

真的嗎，憂傷是厚的
而憂鬱是薄的？

30

寫作藍色之書時
魯賓．達利奧不是綠色的嗎？

藍波不是腥紅色的嗎，
而龔果拉紫羅蘭的色澤？

維克多．雨果有三種顏色，
而我則是黃色的絲帶？

窮人們的回憶全數
都擠在村莊嗎？

而富人們把夢想
存放在礦石雕成的盒子裡？

譯註：魯賓．達利奧（Rubén Darío, 1867-1916），尼加拉瓜詩人；藍波（Rimbaud, 1854-1891），法國詩人；龔果拉（Góngora, 1561-1627），西班牙詩人；雨果（Victor Hugo, 1802-1885），法國詩人。

31

我能問誰我來人間
是為了達成何事？

我不想動，為何仍動，
我為何不能不動？

為什麼沒有輪子我仍滾動，
沒有翅膀或羽毛我仍飛翔，

而為什麼我決定遷徙，
如果我的骨頭住在智利？

32

生命中有比名叫帕布羅‧聶魯達
更蠢的事嗎？

在哥倫比亞的天空
是否有一位雲朵收藏家？

為什麼雨傘們的會議
總是在倫敦舉行？

示巴女王的血
是莧紫的顏色嗎？

波特萊爾哭泣時
是否流出黑色的眼淚？

譯註：示巴女王（西語 la reina de Saba，英語
the Queen of Sheba），統治非洲東部示巴王國
（約當今日的衣索比亞）的美麗女王，因仰慕所
羅門王，曾前往以色列向他示愛。

33

對沙漠中旅人而言
為什麼太陽是如此差勁的夥伴？

而在醫院的花園裡
為什麼太陽卻如此友好可愛？

月光之網網羅的
是鳥還是魚？

我是不是在他們遺失我的地方
終於找到了自己？

34

我用被我遺忘的美德
能否縫製出一套新衣？

為什麼最好的河流
一一流入法國？

為什麼在格瓦拉之夜後，
玻利維亞還不破曉？

他被暗殺的心
是否在那裡搜尋那些暗殺者？

沙漠的黑葡萄是否
對眼淚有根本的渴望？

譯註：格瓦拉（Guevara, 1928-1967），阿根廷
出生的古巴革命領袖，遇刺而死。

35

我們的生命不是兩道
模糊光亮間的隧道嗎？

它不是兩個
黑暗三角形間的一道光亮嗎？

生命不是一條
已準備好成為鳥的魚嗎？

死亡的成分是不存在
還是危險物質？

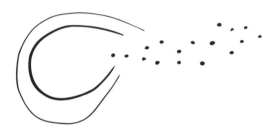

36

死亡到最後不是
一個無盡的廚房嗎？

你崩解的骨骼會怎麼做，
再次找尋你的形體？

你的毀滅會熔進
另一個聲音和另一道光中嗎？

你的蟲蛆會成為
狗或蝴蝶的一部份嗎？

37

自你的灰燼之中誕生的
會是捷克人，還是烏龜？

你的嘴會用另一些即將到來的唇
親吻康乃馨嗎？

然而你可知道死亡來自何處，
來自上方，還是底下？

來自微生物，還是牆壁？
來自戰爭，還是冬季？

38

你不相信死神住在
櫻桃的太陽裡面？

春的一吻
不也會奪你命嗎？

你相不相信哀傷在你前面
扛著你命運的旗幟？

在你的頭顱內你是否發現
你的祖先們被徹底譴責？

39

你沒有在大海的笑聲裡
同時感受到危險嗎？

在罌粟血色的絲綢裡
你難道未看到威脅？

你不明白蘋果樹開花
只為了死於蘋果之中嗎？

你的每一次哭泣不是都被
笑聲和遺忘的瓶罐包圍嗎？

40

邋邋襤褸的大兀鷹
出完任務之後向誰報告？

如何稱呼
一隻孤獨綿羊的憂傷？

如果鴿子學唱歌
鴿棚內會是什麼景象？

如果蒼蠅製造蜂蜜
會不會觸怒蜜蜂？

41

犀牛如果心腸變軟，
能夠持續多久？

今年春天的樹葉
有什麼新鮮事可以重述？

在冬天，葉子們是否和樹根
一起藏匿度日？

為了和天空交談，
樹木向大地學習了什麼？

42

始終守候之人受苦較多
還是從未等待過任何人的人？

彩虹的盡頭在何處，
在你靈魂裡還是在地平線上？

或許對自殺者而言
天國會是一顆隱形的星星？

流星從何處的
那些鐵的葡萄園墜落？

43

當你熟睡時，在夢中
那愛你的女子是誰？

夢中事物到哪兒去啦？
轉入別人的夢境嗎？

在你夢中存活的父親
在你醒來時再死一次？

在夢中，植物會開花
而它們嚴肅的果實會成熟？

44

幼年的我哪兒去啦，
仍在我體內還是消失了？

他可知道我不曾愛過他
而他也不曾愛過我？

為什麼我們花了那麼多的時間
長大，卻只是為了分離？

為什麼我的童年死亡時
我們兩個沒死？

而如果我的靈魂棄我而去
為什麼我的骨骸仍緊追不放？

45

森林的黃色
和去年的一樣嗎？

頑強海鳥的黑色飛行
反覆迴旋嗎？

空間的盡頭
叫作死亡或無窮？

在腰上何者較重，
憂傷，或者回憶？

46

十二月和一月之間的月份
如何稱呼？

誰授權他們為那串
十二顆的葡萄編號？

為什麼不給我們長達
一整年的巨大的月份？

春天不曾用不開花的吻
欺騙過你嗎？

47

在秋天過了一半的時候
你可曾聽到黃色的爆炸聲？

因為什麼理由或不公
雨水哭訴它的喜悅？

鳥群飛翔時
什麼鳥帶路？

蜂鳥令人目眩的對稱
自何處懸垂而下？

48

海上女妖的乳房
是海中螺旋形的貝殼嗎？

抑或是石化的海浪，
或靜止流動的泡沫？

草原尚未因野生的螢火蟲
而著火嗎？

秋天的美髮師們
把眾菊的頭髮弄亂了？

49

當我再次看到海
海究竟會不會看到我？

為什麼海浪問我的問題
和我問它們的問題一模一樣？

它們為什麼如此虛耗熱情
撞擊岩塊？

對沙子反覆誦讀宣言
它們難道從不覺厭煩？

50

誰能說服大海
叫它講講道理？

毀掉藍色的琥珀、綠色的
花崗石，有什麼好處？

岩石的身上為什麼
那麼多皺紋，那麼多窟窿？

我從海的後面來此，
它如果攔住我，我該往何處？

我為什麼自斷去路，
墜入大海的陷阱？

51

我為什麼痛恨散發出
女人味及尿騷味的城市？

城市不就是搏動的床墊
所構成的廣大海洋嗎？

風的大洋洲沒有
島嶼和棕櫚樹嗎？

我為何重新回歸
無垠海洋的冷漠？

52

遮蔽白日寧靜的
黑色章魚究竟有多大？

它的枝椏是鐵製的，
眼睛是死火做成的嗎？

三色的鯨魚為什麼
在路上攔截我？

53

誰當著我的面
吞食了一條長滿膿包的鯊魚？

罪魁禍首是角鯊，
還是沾滿血跡的魚群？

這持續性的破壞
是秩序，還是戰鬥？

54

燕子當真打算
定居於月球上？

它們會不會帶著自飛簷扯下的
春天一同前往？

月球上的燕子
會在秋天起飛嗎？

它們會啄食天空
以尋找鉍的蹤跡嗎？

它們會回到
撒滿灰燼的陽台嗎？

55

為什麼不把鼴鼠和
烏龜送往月球？

難道這些挖孔打洞的
動物工程師無法

擔當這些
遠方的探勘工作？

56

你不相信單峰駱駝
把月光貯存在其駝峰裡？

它們不是以不為人知的堅毅
在沙漠裡播種月光嗎？

海洋不是曾經短期
出借給大地嗎？

我們不是得將之連同其潮汐
歸還給月亮嗎？

57

禁止行星互吻
豈不妙哉？

何不在啟用眾行星前
先分析好這些事？

為什麼沒有穿著太空衣的
鴨嘴獸？

馬蹄鐵不是
為月球上的馬打造的嗎？

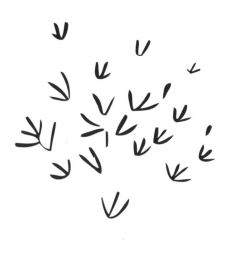

58

什麼東西在夜晚搏動？
是行星還是馬蹄鐵？

今天早晨我得在
赤裸的海和天空之間做一抉擇嗎？

天空為什麼一大早
就穿著霧氣？

什麼東西在黑島上等候我？
是綠色的真理，還是禮儀？

59

為什麼我沒有神秘的身世？
為什麼在成長過程我孤獨無伴？

是誰命令我拆下
我自尊的門？

當我睡覺或生病時
誰來替我生活？

在他們未將我遺忘之處
哪一面旗幟飛揚？

60

在遺忘的法庭上
我有什麼好神氣的？

哪一個是未來的
真實繪像？

是成堆黃色穀物中的
一粒種子嗎？

抑或是瘦削的心——
桃子的代表？

61

一滴活蹦蹦的水銀

是流向下方，還是流向永恆？

我憂傷的詩歌

會用我的眼睛觀看嗎？

當我毀滅後安眠

我還會擁有我的氣味，我的痛苦嗎？

62

在死亡的巷弄苦撐
意謂著什麼？

鹽漠
如何生出花朵？

在萬事俱寂的海洋
有赴死亡之約的盛裝嗎？

當骨頭消失，
最後的塵土中存活下來的是誰？

63

對於鳥語的翻譯
鳥兒們如何達成共識？

我要如何告訴烏龜
我的動作比它還遲緩？

我要如何向跳蚤
索取它顯赫的戰績表？

或者告訴康乃馨
我感謝它們的芬芳？

64

為什麼我褪色的衣服
飛揚如旗幟？

我是有時邪惡
還是始終良善？

我們學習的是仁慈
還是仁慈的面具？

惡的玫瑰花叢不是白色的嗎？
善的花朵不是黑色的嗎？

誰為那無數純真事物
編派名字和號碼？

65

一滴金屬閃耀
如我歌裡的音節嗎？

一個詞有時不也
慢條斯理移動如一條蛇？

名字不是像柑橘一樣
在你心裡劈啪作響嗎？

魚源自哪一條河？
從「銀器業」這個詞來嗎？

帆船（velero）會不會因裝載過多母音
發生船難？

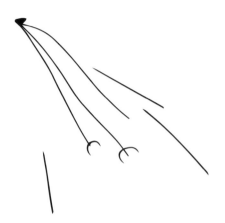

66

Locomotora（火車頭）裡的 O
會噴煙、起火、冒蒸汽嗎？

雨水以何種語言落在
飽受折磨的城市？

日出時的海風會重複發出
哪些悅耳的音節？

有沒有一顆星比「罌粟」（amapola）
這個詞更為寬廣？

有沒有兩根尖牙比「豺狼」（chacal）
這兩個音節還要銳利？

67

字音表啊，你能夠愛我
並且給我一個實在的吻嗎？

字典是一座墳墓
還是一個封閉了的蜂巢？

我在哪一扇窗不停注視著
被埋葬了的時間？

或者我遠遠看到的事物
是我尚未度過的人生？

68

蝴蝶什麼時候會閱讀
它飛行時寫在翅膀上的東西？

蜜蜂識得哪樣的字母，
為了明瞭其行程表？

螞蟻會用哪樣的數字
扣除它死去的兵士？

旋風靜止不動時
該稱作什麼？

69

愛的思緒會不會墜入
死火山？

火山口是復仇之舉
還是大地的懲罰？

那些流不到海的河川
繼續和哪些星星交談？

70

希特勒在地獄裡
被迫做什麼樣的勞役？

他為牆壁還是屍體上漆？
他嗅聞死者身上的毒氣嗎？

他們餵他吃
被燒死的眾孩童的灰燼嗎？

或者自他死後
他們一直讓他從漏斗喝血？

或者他們用鐵鎚將拔下的
金牙敲進他的嘴裡？

71

或者他們讓他睡臥在
他帶有鉤刺的鐵絲上？

或者他們在他皮膚上刺青
以製作地獄的燈泡？

或者黑色的火焰猛犬
毫不留情地咬他？

或者他非得和他的囚犯們一同旅行，
日以繼夜，不眠不休？

或者他非得死而又不得死，
永遠在毒氣下？

72

如果所有的河流皆是甜的
海洋如何獲取鹽份？

四季如何得知
變換襯衫的時刻？

為什麼在冬日如此遲緩，
而隨後又如此急遽輕快？

樹根如何得知
它們必須攀爬向光？

且以如此豐富的色澤和花朵
迎向大氣？

是否總是同樣的春天
反覆扮演同樣的角色？

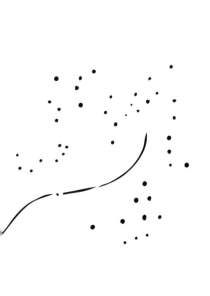

73

地球上何者較為勤奮，
是人類，還是穀粒的太陽？

椴樹和罌粟，
大地較鍾愛何者？

蘭花和小麥
它偏愛何者？

為什麼花朵如此華美
而小麥卻是暗濁的金黃？

秋天究竟是合法入境
或者它是秘密的季節？

74

為何它徘徊樹叢間
直到樹葉掉落？

它黃色的褲子
依舊掛於何處？

秋天真像在等待
什麼事情發生嗎？

也許等待一片葉子顫動
或者宇宙的運轉？

地底下有沒有一塊磁鐵，
秋天磁鐵的兄弟磁鐵？

玫瑰的派任令
何時在地底頒布？

聶魯達年表

陳黎、張芬齡／編

1904　七月十二日生於智利中部的農村帕拉爾
　　　（Parral）。本名內夫塔利・里卡多・雷耶斯・巴
　　　索阿爾托（Nefatalí Ricardo Reyes Basoalto）。
　　　父為鐵路技師，母為小學教員。八月，母親去世。

1906　隨父親遷居到智利南部邊境小鎮泰穆科
　　　（Temuco）。在這當時仍未開拓，草木鳥獸尚待
　　　分類的邊區，聶魯達度過了他的童年與少年。

1914　十歲。寫作了個人最早的一些詩。

1917　十三歲。投稿泰穆科《晨報》（*La Mañana*），
　　　第一次發表文章。怕父親知道，以Pablo Neruda
　　　之筆名發表。這個名字一直到1946年始取得法定地
　　　位，變成他的真名。

1918　擔任泰穆科《晨報》的文學編輯。

1921　離開泰穆科到聖地牙哥，入首都智利大學教育學院
　　　攻讀法文。詩作〈節慶之歌〉（*La canción de la*

fiesta）獲智利學聯詩首獎，刊載於學聯雜誌《青年時代》。

1923　第一本詩集《霞光集》（*Crepusculario*）出版；在這本書裡聶魯達試驗了一些超現實主義的新技巧。

1924　二十歲。出版詩集《二十首情詩和一首絕望的歌》（*Veinte poemas de amor y una canción desesperada*），一時名噪全國，成為傑出的年輕智利詩人。

1925　詩集《無限人的試煉》（*Tentativa del hombre infinito*）出版；小說《居住者與其希望》（*El habitante y su esperanza*）出版。

1926　散文集《指環》（*Anillos*）出版。

1927　被任命為駐緬甸仰光領事。此後五年都在東方度過。在這些當時仍是英屬殖民地的國家，聶魯達開始接觸了艾略特及其他英語作家的作品，並且在孤寂的日子當中寫作了後來收在《地上的居住》裡的那些玄秘、夢幻而動人的詩篇。

1928　任駐斯里蘭卡可倫坡領事。

1930　任駐爪哇巴達維亞領事。12月6日與荷蘭裔爪哇女子哈根娜（Maria Antonieta Hagenaar）結婚。

1931　任駐新加坡領事。

1932　經過逾兩個月之海上旅行回到智利。

1933　詩集《地上的居住・第一部》（*Residencia en la tierra, I,1925-1931*）在聖地牙哥出版。八月，任駐阿根廷布宜諾斯艾瑞斯領事。十月，結識西班牙詩人羅爾卡（Federico García Lorca）。

1934　任駐西班牙共和國巴塞隆納領事。女兒瑪麗娜（Malva Marina）出生於馬德里。翻譯英國詩人布萊克（William Blake）的作品〈阿比昂女兒們的幻景〉（*Visions of the Daughters of Albion*）和〈精神旅遊者〉（*The Mental Traveller*）。結識大他二十歲的卡麗兒（Delia de Carril）——他的第二任妻子，兩人至1943年始於墨西哥結婚。與西班牙共黨詩人阿爾維蒂（Rafael Alberti）交往。

1935　任駐馬德里領事。《地上的居住・第一及第二部》（*Residencia en la tierra, I y II, 1925-1935*）

出版。編輯出版前衛雜誌《詩的綠馬》（*Caballo Verde para la Poesía*），為傳達勞動的喧聲與辛苦，恨與愛並重的不純粹詩辯護。

1936　西班牙內戰爆發。詩人羅爾卡遭暗殺，聶魯達寫了一篇慷慨激昂的抗議書。解除領事職務，往瓦倫西亞與巴黎。與哈根娜離異。

1937　回智利。詩集《西班牙在我心中》（*España en el corazón*）出版，這是聶魯達對西班牙內戰體驗的紀錄，充滿了義憤與激情。

1938　父死。開始構思寫作《一般之歌》（*Canto general*）。

1939　西班牙共和國垮台。被派至法國，擔任負責西班牙難民遷移事務的領事。詩集《憤怒與哀愁》（*Las furias y las penas*）出版。

1940　被召回智利。八月，擔任智利駐墨西哥總領事，至1943年止。

1942　女兒瑪麗娜病逝歐洲。

1943　九月，啟程回智利，經巴拿馬，哥倫比亞，秘魯諸國。十月，訪秘魯境內之古印加廢墟馬祖匹祖

高地。十一月，回到聖地牙哥，開始活躍於智利政
壇。

1945　四十一歲。當選國會議員。加入智利共產黨。與工
人、民眾接觸頻繁。

1946　在智利森林公園戶外音樂會中初識後來成為他
第三任妻子的瑪提爾德・烏魯齊雅（Matilde
Urrutia）。

1947　詩集《地上的居住・第三部》（*Tercera
residencia, 1935-1945*）出版。開始發表《一般之
歌》。

1948　智利總統魏地拉（Gonález Videla）宣佈斷絕與東
歐國家關係，聶魯達公開批評此事，因發覺有被捕
之虞而藏匿。智利最高法庭判決撤銷其國會議員職
務，法院亦對其通緝。

1949　共黨被宣告為非法。2月24日聶魯達開始流亡。經
阿根廷至巴黎，莫斯科，波蘭，匈牙利。八月至墨
西哥，染靜脈炎，養病墨西哥期間重遇瑪提爾德，
開始兩人秘密的戀情。

1950　《一般之歌》出版於墨西哥，這是聶魯達歷十二年

完成的偉大史詩，全書厚468頁，一萬五千行，共十五章。訪瓜地馬拉，布拉格，巴黎，羅馬，新德里，華沙，捷克。與畢卡索等藝術家同獲國際和平獎。

1951　旅行義大利。赴巴黎，莫斯科，布拉格，柏林，蒙古，北京——在那兒，代表頒發國際和平獎給宋慶齡。

1952　停留義大利數月。詩集《船長的詩》（*Los versos del capitán*）匿名出版於那不勒斯，這是聶魯達對瑪提爾德愛情的告白。聶魯達一直到1963年才承認是此書作者。赴柏林與丹麥。智利解除對聶魯達的通緝。八月，回到智利。

1953　定居於黑島（Isla Negra）——位於智利中部太平洋濱的小村落，專心寫作。開始建造他在聖地牙哥的房子「查絲蔻納」（La Chascona）。

1954　旅行東歐與中國歸來，出版情詩集《葡萄與風》（*Las uvas y el viento*）。詩集《元素頌》（*Odas elementales*）出版，收有六十八首題材通俗、明朗易懂，每行均很短的頌詩。

1955　與卡麗兒離異。與瑪提爾德搬進新屋「查絲蔻納」。訪問蘇俄，中國及其他社會主義國家，以及義大利，法國。回到拉丁美洲。

1956　《元素頌新集》（*Nuevas odas elementales*）出版。回到智利。

1957　《元素頌第三集》（*Tercer libro de las odas*）出版。開始寫作《一百首愛的十四行詩》（*Cien sonetos de amor*），這同樣是寫給瑪提爾德的情詩集。

1958　詩集《狂想集》（*Estravagario*）出版。

1959　出版詩集《航行與歸來》（*Navegaciones y regresos*）。出版《一百首愛的十四行詩》。

1961　詩集《智利之石》（*Las piedras de Chile*）出版。詩集《典禮之歌》（*Cantos ceremoniales*）出版。

1962　《回憶錄：我承認我歷盡滄桑》（*Confieso que he vivido: Memorias*）於三月至六月間連載於巴西的《國際十字》（*Cruzeiro Internacional*）雜誌。詩集《全力集》（*Plenos poderes*）出版。

1964　七月，出版自傳體長詩《黑島的回憶》（*Memorial de Isla Negra*），紀念六十歲生日。沙特獲頒諾貝爾文學獎，拒領，理由之一：此獎應頒發給聶魯達。

1966　10月28日，完成與瑪提爾德在智利婚姻合法化的手續（他們先前曾在國外結婚）。出版詩集《鳥之書》（*Arte de pajaros*）；出版詩集《沙上的房子》（*Una casa en la arena*）。

1967　詩集《船歌》（*La barcarola*）出版。發表音樂劇《華金·穆里葉塔的光輝與死亡》（*Fulgor y muert de Joaquín Murieta*），這是聶魯達第一個劇本。

1968　詩集《白日的手》（*Las manos del día*）出版。

1969　詩集《世界盡頭》（*Fin de mundo*）出版。

1970　詩集《天上之石》（*Piedras de pielo*）出版。寫作關於人類進化起源的神話詩《熾熱之劍》（*La espada encendida*）。阿葉德（Salvador Allende）當選智利總統：事實上，在阿葉德獲提名之前，聶魯達一度是共產黨法定的總統候選人。

1971 　再度離開智利，前往巴黎就任智利駐法大使。10月
　　　22日，獲諾貝爾文學獎。

1972 　發表〈四首法國詩〉；出版《無果的地理》
　　　（*Geografía infructuosa*）。在領取諾貝爾獎之
　　　後帶病回國，然卻不得靜養，因為此時的智利已處
　　　在內戰的邊緣。

1973 　發表詩作《處死尼克森及讚美智利革命》
　　　（*Incitación al Nixonicido y alabanza de la
　　　revolución chilena*）。9月11日，智利海軍、陸
　　　軍相繼叛變，聶魯達病臥黑島，生命垂危。總統府
　　　拉莫內達宮被炸，阿葉德被殺。9月23日，聶魯達
　　　病逝於聖地牙哥的醫院，享年六十九歲。他的葬禮
　　　變成反對軍人政府的第一個群眾示威，他在聖地
　　　牙哥的家被闖入，許多書籍文件被毀。詩集《海
　　　與鈴》（*El mar y las campanas*），《分離的玫
　　　瑰》（*La rosa separada*）出版。

1974 　詩集《冬日花園》（*Jardín de invierno*），
　　　《黃色的心》（*El corazón amarillo*），《二〇
　　　〇〇》（*2000*），《疑問集》（*El libro de las*

preguntas），《哀歌》（*Elegía*），《精選的缺陷》（*Defectos escogidos*）出版。《回憶錄：我承認我歷盡滄桑》出版。

GREAT! 63　疑問集

作　　　　者	聶魯達（Pablo Neruda）
譯　　　　者	陳黎、張芬齡
封 面 設 計	之一設計
排　　　　版	鄭佳容
責 任 編 輯	徐　凡

總 　編 　輯	巫維珍
編 輯 總 監	劉麗真
事業群總經理	謝至平
發 　行 　人	何飛鵬
出　　　　版	麥田出版
	地址：11563台北市南港區昆陽街16號4樓
	電話：(02)2500-0888
	傳真：(02)2500-1951
發　　　　行	英屬蓋曼群島商家庭傳媒股份有限公司城邦分公司
	地址：11563台北市南港區昆陽街16號8樓
	網址：www.cite.com.tw
	客服專線：(02)2500-7718　2500-7719
	24小時傳真專線：(02)-2500-1990　2500-1991
	服務時間：週一至週五09:30-12:00　13:30-17:00
	劃撥帳號：19863813　戶名：書虫股份有限公司
	讀者服務信箱：service@readingclub.com.tw
香 港 發 行 所	城邦（香港）出版集團有限公司
	地址：香港九龍土瓜灣土瓜灣道86號順聯工業大廈6樓A室
	電話：+852-2508-6231
	傳真：+852-2578-9337
馬 新 發 行 所	城邦（馬新）出版集團【Cite(M) Sdn Bhd】
	地址：41, Jalan Radin Anum, Bandar Baru Sri Petaling,
	57000 Kuala Lumpur, Malaysia.
	電話：+603-9056-3833
	傳真：+603-9057-6622
	電郵：cite@cite.com.my
麥 田 部 落 格	http://ryefield.pixnet.net
印　　　　刷	前進彩藝有限公司
二 版 一 刷	2024年6月
定　　　　價	340元
I　S　B　N	978-626-310-667-3
E　I　S　B　N	978-626-310-661-1（EPUB）

國家圖書館出版品預行編目資料

疑問集/聶魯達（Pablo Neruda）著；陳黎、張芬齡
譯. – 二版. -- 臺北市：麥田出版：家庭傳媒城邦分公
司發行, 2024.6
　　面；　公分. -- (Great! ; RC7063)
　　譯自：El libro de las preguntas
　　ISBN 978-626-310-667-3　（平裝）

885.8151　　　　　　　　　　　　113004809